김해문인협회 사화집 7

금바다(金海)의 노래

오늘도 우주가 손을 내민다

KB140450

김해문인협회

김해문인협회 사화집 7

오늘도 우주가 손을 내민다

초판인쇄 2016년 11월 1일
초판발행 2016년 11월 10일

엮은 곳 김해문인협회
펴낸 곳 김해문인협회(회장 김근호)
　　　　　경남 김해시 구지로 95 김해예총(內)
　　　　　전화 : 055-311~7621
　　　　　http://cafe.daum.net/gimahemunin

만든 곳 도서출판 작가마을
등　록 2002년 8월29일(제02-01-329호)
주　소 부산시 중구 대청로 141번길 15-1 대륙빌딩 301호
　　　　　전 화 : 051-248~4145, 2598　　팩스 : 051-248~0723
　　　　　E-mail : eepoet@hanmail.net

국립중앙도서관 출판예정도서목록(CIP)

오늘도 우주가 손을 내민다 : 금바다(金海)의 노래 / 엮은 곳 : 김해문인협회 ─ 김해 : 김해문인협회, 2016 　　p. ;　　cm ─　(김해문인협회 사화집 ; 7) ISBN 979-11-5606-061-1 03810 : ₩10000 문집 [文集] 한국 현대 문학 [韓國現代文學] 810.82-KDC6 895.708-DDC23　　　　　　　　　　CIP2016026319

※ 이 도서의 국립중앙도서관 출판예정도서목록(CIP)은 서지정보유통지원시스템 홈페이지
(http://seoji.nl.go.kr)와 국가자료공동목록시스템(http://www.nl.go.kr/kolisnet)
에서 이용하실 수 있습니다.(CIP제어번호 : CIP2016025459)

김해문인협회 사화집 7

금바다(金海)의 노래

오늘도 우주가 손을 내민다

마르지 않는 샘에서 퍼낸
일곱 번 째 김해 사화집

김해문인협회 회장 김 근 호

　우리 김해는 지형적으로 동북은 낙동강을 경계로 하여 양산시와 부산광역시를 접하고 있으며, 남쪽으로는 20년 전만 하여도 바다와 접한 명지와 녹산이 김해군에 속해있었지만 지금은 부산광역시 관할입니다. 서쪽으로는 용지봉이 솟은 추월산과 천자봉이 이어지는 팔판산이 창원과 경계를 이루고 있습니다. 불과 100여 년 전만 하여도 갈밭이었던 김해평야는 녹산 수문과 을숙도 수문이 차례로 설치됨에 따라 비옥한 농지로 변하였습니다. 그런데 오래되지도 않은 이야기들이 벌써 잊히고 있는 것이 아쉬워 글로서나마 김해와 관련 있는 이야기들을 재미있게 살려 보고자 합니다.

　첫 번째 김해의 사화집을 발간한지가 엊그제 같은데 벌써 일곱 번째 김해를 내용으로 하는 책을 발간하게 되었습니다. 아직도 부족한 부분이 많습니다. 그래도 김해의 발전을 위하여 이해하여 주시고 응원하여 주십시오.

　김해의 이야기 샘은 아무리 퍼내어도 마르지 않을 것입니다. 이천 년 전에 왕조가 자리한 곳이고 그 후에도 계속 사람이 살아온 우리나라 동남의 살기 좋은 도시입니다. 수많은 이야기들이 보여주고 있듯이 우리의 김해 이야기는 앞으로도 계속 끊임없이 이어질 것입니다.

2016. 가을.

2016년 김해문인협회 사화집 7집

차 례

발간사 김근호(김해문인협회장)

동시

동화

수필

시조

남승열

박덕규

백미늠

이동배

황성규

7월, 가락 들판 외 1편

남승열

간밤 폭풍우에
한숨도 못잤을텐데

푸릇푸릇 일어나서
한숨을 걷어낸다

그늘진 세상을 향해
푸른 창을 날린다

신어산

어린 별들 챙 챙
웃음소리 높아가고
구지봉 솔바람에
실려 오는 장군차 향기
쌍어는 먼 생각에 잠겨
속눈썹이 풀린다.

파사탑에 의지하여
거친 풍랑 헤치고
다다른 금바닷가
안겨드는 너른 品勢
이마가 훤한 사내가
뚜벅뚜벅 걸어나온다.

의관을 갖추고
공손히 손을 모아
쌍어를 받아들고
금관을 씌워준다
하나론 날지 못한다며
양 날개를 쭉 편다.

타고대 외 1편

박덕규

석양비친 읍성에
북소리가 둥둥둥
분산성 마루에서
삼차수 바라보다
왜구의 침입에 놀라
팔 빠지게 북을 친다

흔적 없는 누대 자리
봉수대 터를 잡고
옛 모습 찾는 길손
아쉬움에 돌아보니
흩어진 기와 조각만
여기다고 말하네

6월 단비

추적추적 낙숫물이
삼이웃을 깨우고
임호산 아래초리
남새밭 생기돌 때
평리들* 모 포기들도
우쭐거려 춤추네

주름 깊게 패인 얼굴
단비에 웃음 도니
세상에 그 무엇이
저토록 신이 날까
연중에 비오는 날이
오늘 만큼 좋으리

* 임호산 남쪽 들판

진영역 109번길 외 1편
-박순덕 할머니

백미늠

어디 갔다 오요
교회 다녀옵니다
어디 갔다 오요
시어머니 한테요
어디요
산에요 산에
하루에 열두 번

키 낮은 슬라브집
골목에 나와 앉아
오고가는 사람 구경
하루 해를 떨구던
할머니
어디 가셨나
텅 빈 골목

시 쓰는 날

오늘은 시 한 편
꼭 한 번 써 보자
몇 달부터 미루던 숙제
먼지 털어 내듯이
금병산을 오르면 써질까
진영장에나
가볼까

방마다 시집으로
도배를 해 놨지만
시 한 편 쓸라하면
몸 고생 마음 고생
몇 며칠 몸살을 앓으니
다시는
시 안 쓸래

애꾸지*의 정인*情人 외 1편

이동배

해반천* 은린銀鱗 위로
한 줄기 가야바람

비단 돛배 붉은 깃발

감싸는 은혜로움

오뚝한

나무 한 그루

기다리는 정인情人들

* 애꾸지 : 아기구지봉을 일컬음.
* 정인(情人) : 가락국 때 포상팔국 난을 수습하고 장렬하게 전사한 가
  락국의 남녀 전사 미유 장군과 채유 낭자.
* 해반천 : 김해 봉황동 일대를 가로지르는 대표적인 하천.

무척산無隻山* 천지天池*

봉황대鳳凰臺* 동쪽 하늘
하얗게 떠오른 낮달

산허리 휘감기는
모은암母恩庵* 넋을 품고

명당에

솟은 물길을

천지天池에다 전한 덕德

* 무척산(無隻山) : 김해시 생림면에 있는 산. 일명 식산이라고도 함.
기묘한 바위들이 서로 어우러져 산세가 험함.
* 천지(天池) : 무척산 정상에 있는 못으로 가락국 수로왕의 국장 때
장지에 물이 고여 이곳 정상에 못을 파서 물이 고이는 것을 막았다고
전해짐.
* 봉황대(鳳凰臺) : 김해시 가락로에 있는 작은 산의 언덕으로 가락국
대금연주자 섬섬군과 가야금 연주자 혜선 아가씨의 슬픈 전설이 전해
져 내려 옴.
* 모은암(母恩庵) : 김해시 생림면 무척산에 있는 절로 조계종 범어사
의 말사. 김수로왕의 장남 거등왕자가 부모님의 은덕에 보답하기 위
하여 창건했다고 전해짐.

조만포 물결 외 1편

황성규

청푸른 물결 위에 흰 구름 갈댓잎이
바람에 흔들리는
사이로 동백 피고
조만포
비너스의 사랑이
물결 따라 흐른다

검푸른 물결 위에 동백꽃 흘러가고
흰 갈매기 날아올라
조만포를 맴도는데
하늘에
주피터의 사랑이
구름 따라 흐른다.

구지봉 계곡의 매화

눈 속에
나온
꽃이
매화라 부르지만

구지봉
매년
오고
꽃은 또 피겠지만

매화를
보노는
마음은
애틋할 뿐 봄은 간다.

시

금동건   곽송자   김미희

김용권   김익택   나갑순

라옥분   박지현   성윤자

송인필   양민주   우말순   윤수환

시

윤영애   윤주희   이병관

이 윤   이은정   이한다

장정희   정보암   최경화

하미애   하성자   하영란   홍순옥

화포천의 여름 외 1편

금동건

말이 없는 부엉이바위가
가냘프게 보이는 여름날의 풍경
들녘의 벼들이 서로 자라겠다
우격다툼질 속에
그분의 모습이 논길 저 멀리
밀짚모자
바람에 일렁이며
화포천 가득 메운 수생 동물
우렁찬 노랫가락소리
봉하의 진녹색은 작은 박석에 내리쬐는
햇빛을 가리는 그늘막이 되어주고
생가의 노란 초가지붕 아래
피어오르는 모깃불의 하얀 연기가
화포천의 여름을 말해주고 있다.

봉황대의 서정

녹음이 짙게 눌러앉은
봉황대의 서정
나라는 존재가
벤치에 앉고부터 막이 열리고
관객 한 사람만 바라보며
목청껏 울어 득음에 도달하는
말매미의 애잔한 노랫소리
살랑이는 바람 소리에
수국의 춤사위는
오광대의 춤판
여의 낭자의 한
숨어 우는 바람 소리도
봉황대 망루에 서성인다.

경전철 1 외 1편

곽송자

오래전부터
김해에서 터를 닦던 그때부터
갈망하던 경전철

엄궁에서 이사 온 그날들은
딱 한 노선뿐인 123번이 너무도 복잡했지

1시간을 서서 가노라면 다리가 퉁퉁 붓고
솔직히 젊은 나이였지만
빈자리가 있을까 두리번거리던 그 시절

전철만 생긴다면 훨훨 날아서 갈 것 같던 25년 전
업고 걸리고 가방 들고
그런 세월 다 갔네
그래도 그때가 좋았다던.

경전철 2

야간에 경전철에 올랐다
신나게 달리는 열차 안에서 보는 낙동강 불빛

반영 된 선암다리 화려한 빛 그림자에 반하고
공항을 지나는 길은 뿌듯하고 눈이 부셨네

국회의원도 시장님도 시민들도 심혈을 기울였건만
적자에 허덕이는 경전철 안쓰러워
한 번이라도 더 이용해본다

코코몽이 그려진 몽환적인 경전철
우리 아기들이 한번은 타 보고 싶어지는
두둥실 동심이어라

사상으로 가는 사람들 얼굴에 미소가 돌고
처음보다는 많아진 객들이 있어 살 맛 나는 김해.

경전철 삽화 1 외 1편

김미희

환상통이 다시 꿈틀대는지
엄지와 새끼손가락 사이
낯선 절벽
빈 터의 기억들을
왼손이 애써 달래고 있다

카자흐스탄, 우즈베키스탄,
그런 먼 지명들이
울대 속으로 지나간다

경전철 옆 의자가 기웃거린다
  ―프레스에 잘렸어요.
무심한 듯 또렷한 한국말
무쇠 깎는 소리처럼 귀를 때린다

빈 것들의 무게로 휘어진 길
장마처럼 다 지나갔을까
안동공단 낮은 지붕들
다시 푸른 하늘을 이고 있다.

경전철 삽화 2

아침 호박잎을 따고 온
손톱 밑 까만 촌부,
실눈을 하고 창밖을 본다

초선대 마애불의 옷자락처럼
혼잣말에도 주름이 진다
─칠점산이 어데로 가고
쪼매이 저기 남았단 말고…

햇솜 같은 물안개 위에
푸른 연잎처럼 동동 떠 있던
일곱 봉우리
꿈꾸듯 늦은 안부를 묻는다

석공의 정 끝에 튀던 불씨처럼
금 간 마애불을 읽던 나비도
어디론가 날아갔는데

창 너머 허공에
몇 생의 덧그림이 지나간다
위태로운 한 점點 같은
어머니께 가는 길.

*칠점산(七點山): 예전에는 행정상 김해에 속했으나 1978년 부산으로
편입된 김해공항 근처에 있었던 일곱 봉우리의 산. 현재 봉우리 한 개
의 흔적만 남아있다고 한다.

무척 외 1편

김용권

아무도 모르게
흔들리고 싶었나
품은 자리가 벼랑이라니
한 발 내면 끝장인 곳에서
흔들리고 있었나? 무척
깎는 대로, 깎이는 대로
잔돌로 쓸려나간 돌무지
침묵을 풀고 간 몸이었거나
두 쪽으로 갈라진 절망,
내던지고 있었나
억겁으로 키운 바위심장 누가
껴안아 보았나?
안방에 앉아서도 흔들리는 나는
버리지 못한 돌 몇 개 남았으므로
흔들리면 무너지는 일
벼랑을 세우는 일
너를 밀면 무척산이 흔들린다

김해천문대

천장에 고인
밤하늘 문장은 장엄하지
누군가 보고 싶을 때
안드로메다 폭풍이 몰아치는
천문대로 가봐
여기는 별의 사막 한가운데,
빛이 걸어가는 구멍마다
짤랑거리는 동네가 서지
나는 떠돌이별
어둠이 찔러오는 곳마다
백만 송이,
등불을 걸어두지
비껴나는 건 모두
별똥별이 되지
사라지는 백색왜성처럼
보이지 않는 사람이 있을 때
그때, 천문대로 가봐

화포천의 봄 외 1편

김익택

무척산 태양이
방문을 열면
새아씨 실루엣같이
피어오르는 물안개가
천국의 세상 같아

깨어나도 꿈인 양
소름이 돋고
현실이 환영 같아
말문이 막힌다

아
이 순간
내가 아닌 누가
함께 보지 못해
안달하는 나
혼이 아니 빠질 수 없다

한림역

기다리다 지쳐도
저기 산을 뚫고 달려오는
기적 소리에
가슴 팔딱거리는 한림역은
낙동강의 잔물결이
잠시 쉬었다 가는 곳이다
하차하는 사람들은
내려도 아쉬운 싸락눈같이
홀가분하지 않고
승차하는 사람들은
내려도 모자라는 단비같이
흡족하지 않다
웃으며 보내도 돌아서면 섭섭한
시집간 딸같이
한림역은 저마다 안고 사는
반가움과 아쉬움을 내려놓고
잠시 쉬어 가는 곳이다

연지공원 외 1편

나갑순

싱그런 나무 아름다운 꽃길
푸른 하늘 내려와 더 푸르다

무척산 머리에 이고
양 옆구리엔 경운산 분산
발아래 봉황대 김해들판
연지는 김해의 심장으로 빛난다

신지 순지 신못 연지
세월 따라 이름 바꿔
지친 사람들에게
넓은 품 내어주고

바쁘다 힘들다 외롭다 슬프다
삶이 그러하듯
공원에서 온 몸에 힘 빼면
꽃과 나무들의 세밀한
숨결이 들린다

세상사 권위와 가식
허영의 화장도 벗고
호수 앞에서 경건해진
우리를 만난다

상처받고 슬픈 사람들
지금 막 시작한 사랑
여기서 손잡고 걸어라

연지를 품고 사는 사람들이 있어
더 아름다운 김해

분산성에 올라

시원의 사랑 품은 가야
분산에 오른다

수로왕 금바다를 걸어
허황후를 맞아
이천년 전 아름다운 가야를 이루었다

운해 허리 풀어
금바다 아침이 열리고
들판은 푸른 비단피륙으로 출렁인다

돌 성 호위 받은
분산 치마폭 아래
대동 식만 칠산 장유 주촌 상동을 돌아
천연수 한 그루 휘이휘이
김해를 내려다본다

김해의 아틀라스 원시의 숲 속에
산노루 다람쥐 비경을 만들어
달맞이꽃 여뀌 고마리
야생초들 텃새를 키우고
장군차 달여 마음을 정화하던
서잿골 골골이 단물 뿜어낸다

샘물 곁에 집짓고
세월 따라 들어선 공장
들판 가운데 우뚝 솟은 아파트
애환의 삶 절절한 이야기들은
오늘의 역사를 만들고
내일 위한 힘을 축적한다

또 다시 이천년 세월 흘러
오늘 우리 삶이 역사가 되고
풍경이 되리
금바다는 분산성 호위 아래
바람으로 일렁인다

오세요 외 1편

라옥분

가진 게 없어도 좋고
먹을 게 없어도 좋고
인생살이 몰라도 좋고
갈 길 어딘지 모르는 사람은
더 더욱 좋고

돌틈 사이로 유유히
흐르고 흘러 닿는 곳이
어딘지 몰라도 좋은
장유계곡으로

내 고향 안막

꿈 많던 시절
종종걸음으로 오가는
세월 속에 묻혀 살다가

탱자나무 울타리 만들어
초롱초롱 별빛 눈망울 가진
우리 아이 하나 둘 셋
세상빛 보았지

장미, 카네이션, 안개꽃 피어날 적에
빛바랜 스냅사진 속의 아이들
"내 고향은 김해 대동 안막입니다."

강물처럼 펼쳐지는 비닐하우스 사이사이
이열종대 헤쳐모여 할 적에
뿌옇게 보일 듯 말 듯

세상 엿보는 일은
아직도 진행 중

화포천을 위한 습작

박지현

　무거운 안개를 보듬은 새벽이 뿌연 가로등처럼 햇살을 반사하고 있다. 고라니 발자국은 젖은 풀섶 서걱거림을 덮어버린다. 야생의 숲과 생명체들은 제각기 다른 길을 지니고 있다. 또 다른 질서가 지배하는 곡지鵠志. 습지는 해마다 불어난 홍수에 젖은 슬픈 물소리로 울었다. 물소리는 풍경의 한 부분으로 묻혀버렸고 물푸레나무 숲 사이의 잔가지 끝에서 거슬러 온 길의 아우성이 들린다. 시멘트 바닥이 최후의 보루를 쌓아 이제 빗방울 소리마저 아름답게 들리는 비밀의 화원, 풍경 사이에서 속살거리는 화원은 눈부시다. 비발디의 봄 여름 가을 겨울 달빛을 품고 있는 화포천.

*곡지(鵠志) : 높고 크게 품은 뜻을 이르는 말

소나무 외 1편
-구산동 로터리

성윤자

구산동 로터리 늙은 소나무
심산유곡 고향 두고 도회지로 이사 와서
해 저무는 가도街道에 교통순경 되었네
물결처럼 밀려드는 눈뜬 장님 자동차
우왕좌왕 서두르며 길을 묻는다
소나무 교통순경 주야장천 쉬지 않고
불그스름한 팔을 저으며 방향을 지시한다
삼계동에서 길 따라 오신이여
좌측은 김해천문대, 우측은 진영,
한 시 방향은 국립김해박물관,
세 시 방향은 연지공원,
직진하면 구지봉입니다
푸른 제복 교통순경 땀 흘리는 이마에
잔 솔방울이 송송 송

까치와 고양이

－거북 공원에서

아침 거북공원 길 위에 굶주린 길고양이
까치 한 마리를 견주며 살금살금 다가가서
진미 먹는 까치를 단숨에 덮쳐 허기를 채운다
어디서 왔을까 어디에서 날아왔을까
한 마리 두 마리 까치 떼 날아들어 공원을 물들인다
까악 까악 까악 내어놓아라 우리 동포를 내어놓아라
분노하는 까치 떼 아침을 깨우며 길고양이를 공격한다
나무야 날 가려라 이파리야 나를 가려라
혼비백산 길고양이 허겁지겁 숨을 곳을 찾는다
까악 까악 까악 까치 떼 서로 손을 맞잡고
울타리가 되어 길고양이 가두고
이때라 이때라 협동심을 발휘할 때가 이때라
누가 누가 앞에 나가 고양이 목에 방울을 달 것인가
영문 모르는 고양이 까치 떼가 무서워 꼬리만 움찔해도
까치 떼 놀라 나래를 퍼덕이며 한발 물러서는데
이때를 놓칠세라 길고양이 서두르며 피신 장소 찾다가
동백나무 가지 아래 슬그머니 몸을 숨긴다

민들레

송 인 필

시장 골목
종일 쪼그려 앉아
시든 채소에 물 뿌리는 그녀
어색한 사투리 감추고 꾸벅꾸벅 해맑게 존다

척박한 생이 지천으로 피는 시장

먼 우즈베키스탄에서 날아온
고려의 어린 꽃

가장 낮은 곳에

좌판 깔고 앉았다

애꾸지* 외 1편

양민주

연을 날린다
연을 날린다
연 날리는 아이들
모여드는 언덕에서
어린 내가 연을 날린다
파르 파르르 팔랑
파르 파르르 팔랑

혼을 부른다
혼을 부른다
초혼하는 노인들
모여드는 언덕에서
늙은 내가 혼을 부른다
하흐 하흐흐 할랑
하흐 하흐흐 할랑

귀때기 시린 석양
뒷모습 아린 그곳
여기가 어디냐
순장녀 잠든 애꿎은 곳

* 대성동 고분군이 있는 곳이다. 온통 밭이던 야트막한 구릉 일대를 동
  네 토박이들은 애꾸지로 불렀다고 한다. 혹 '애기 구지봉'을 줄여
  사투리로 부른 말은 아닐까? 삼국유사 가락국기에 따르면 구지봉은
  가야를 건국한 김수로왕의 탄생지다. 그렇다면 애기 구지봉은 그의
  후손인 역대 금관가야 왕들의 무덤을 가리키는 게 아닐까?

타고봉에서*

일렁이는 억새에 떨어지는
별빛이 아름답다
자손 번창
아씨님의 비손 앞에
초가 닮은 남근바위 돌올하고
고향 생각
허왕후의 이마 위로
파르스름한 조각달이 울고 있다
내려앉을 곳 없는 저 소리
적막한 소리에
나는, 잠 못 이루어
그 옛날 분산성 전투에서
북을 치며 죽어간
누군가의 지아비를 그린다

* 김해 분산산의 남쪽 봉우리이다. 조선 후기의 문신이자 학자였던 김
  건수(金建銖·1790~1854)가 김해부사 시절에 김해의 아름다운 풍경
  8가지를 '금릉팔경'이라는 시로 남겼는데, 빛나는 달빛을 이른 '打鼓
  淸月(타고청월)'이 금릉팔경 중의 하나이다. 2,000여 년 전에는 인도
  아유타 왕국에서 시집온 허왕후가 고향이 그리울 때 타고봉에 올라
  위안을 얻었다는 전설이 내려오는 곳이기도 하다.

진영단상 외 1편

우말순

하룻밤 사이
한 칸 두 칸 새 건물이 서 있다

분양
이권의 공해가 난무하는 곳
땅도 연뿌리도 꿈틀거리는데
사람들도 살아야 하는
노력의 보상은 늘 이로움을 준다

일찍부터 철길 버스 길이 유명했고
단감과 비닐하우스 재배는
땀을 씻는 자의 거룩함처럼
행세하던 지주들의 땅에
웅비한 부활로 거듭난

금병산하 !

진영대창초교[*]

-첫눈

베란다 창문 너머
히말라아시다가
하얗게 눈을 이고 있다

밤사이 굴곡진 토양에
저토록 공평하게 이밥을 뿌렸나!
황토 빛 꿈을 꾸던 유년은
허기진 배를 쓸며 입술을 깨문다.

흰 코고무신 신은 어머니는
새벽부터 본산리[*] 고구마 줄기로
진영장날 학교 보낼 아들의
월사금을 장만 하였다
잔솔가지 지핀 아궁이의 온기가
방 안 가득히 정이 피면
처마 밑 고드름도 녹아
조잘대는 아이들의 머리에 떨어졌다

교정은 이미 추위를 허물고
한바탕 웃음꽃이 핀다

* 노무현 손명숙님이 졸업한 학교.
* 고 노무현 대통령 생가 마을.

봉황초등학교 입학식 날

윤수환

내 나이 8살 적에 어머니와 동생하고
봉황초등학교 입학식에 갔다.
동생과 나는 같은 옷을 입고
긴장감을 느끼고 학교에 들어갔다.
가슴에 손수건을 달고 이름표도 달았다.
반을 배정받고 같은 반 아이들이
선생님을 따라 운동장을 걸었다.
나는 시골 할아버지 댁에서
놀기만 하다가 이런 커다란 운동장에서
아이들이랑 걷는 게 무서워졌다.
순간 눈물을 흘리고 어머니를 찾았다.
어머니는 야단을 치시며
나를 돌려 보내셨다.
입학식이 끝나고 어머니는
학교 앞 가게에서 동생하고 나에게
핫도그를 사주셨다.
그 맛이 얼마나 좋은지 아껴 먹으면서
집으로 향했다.
그 순간만큼 정말 행복했다.
세월이 이렇게 지나 입학식 날을
생각하니 마음이 아린다.

연지공원 외 1편

윤영애

동네 어른들은 수근거렸다
가끔 가냘픈 아이들을 삼켜
물밑에 물귀신이 산다고
그곳은 작은 연못(신못*)이었다

정신없이 경주하듯 헤엄쳐 가던 아이들
못 둑에서 멀리 바라보면
허리 굽은 소나무 몇 그루가
작은 섬에 살고 있었다

수심이 깊어
휘감는 소용돌이가 있다고
해마다 아이들 한 둘은
혼이 나간 듯 빨려든다고

쉼을 주는 엄마의 자궁 속이 되었다
자연과 사람, 문화가 공존하고
생명이 꿈틀대는 아름다운 공간
슬픔을 간직한 연지공원

* 신못 : 연지공원 자리에 있었던 예전의 작은 연못

동화 속 내 고향

콩나물시루 속 시골버스에 몸을 싣고
뿌우연 흙먼지 날리며
내가 살던 마을 신작로에는
아름드리 포구나무가 지키고 섰다

끝없이 펼쳐진 푸른 평야
키 큰 편백나무 숲 속 하얀 집
친구들과 멱 감고 빨래하던 나지막한 개울가
담뱃가게 아줌마 수다소리도 그리운 곳

길모퉁이를 돌아서면
큰 백구가 살던 주막집
술 취한 남자들의 젓가락 장단 소리
억센 고함소리 종종 들려오던 그곳은
앞마당에 붉은 모란꽃이 고왔다

양계장 새벽 닭 울음소리에 눈을 뜨면
햇살 그득한 흙담 아래 옹기종기
공기놀이, 땅따먹기, 고무줄놀이로
서산에 걸린 해는 꽃물이 들었다

소몰고 꼴 베던 개구쟁이들
일 나간 가족들이 속속 모여들면
굴뚝 위 하얀 연기 모락모락 피어나고
소담한 장독대 옆 우물이 있었던
이젠 내 기억 속 동화가 되었다

늦가을 신어산 외 1편

윤주희

잉태를 위해 바빴던 몸짓으로
빈자리 차곡차곡
쌓아 두었던 단풍의 밀어
쭉정이가 된 가슴에 공허를 이룬다

세월의 이랑에 틈새가 생겼다
연이 다하면 결국은 사라지는가?
낙엽빛에 반사되어
옮겨가는 발길마다 안겨드는 시린 내음

잡을 수도 없는 산그리메
투명한 쪽빛이다
늦가을 탱탱한 정취에
팽팽한 고요는 詩꽃을 피운다

상동 대포천에서

샛바람이 바람의 갈피를 찢는다
멀리 올올이 바람에 날리는
산풍경이 팔랑거리고
노느매기 하던
하 숱한 길을 허덕허덕,

물내음이 코끝을 찌른다
낮은 자리의 들꽃들이 수런수런
새물내로 앞 다투어 꽃피우니
수런거림이 낯익다
느릿한 걸음에 감성이 묻어난다

물오른 날이다
꽃송아리들이 너나들이하며
톡 터질 것 같다
초록물결이 찰랑댄다
대포천 물소리도 짤랑인다

활천고개

이병관

중학교 다닐 때
하루 두 번씩 걸어 넘나들던 고개
장날이면 아래 윗동네 사람들
쌀이며 콩 이고 지고가 팔고
생선이며 과일을 사오곤 했지
무거운 짐 들어주기도 하고
십리길 이야기꽃 피우며 오가다 보니
형이야 아우야 곁부축 해주며
다들 알콩달콩 잘도 지냈는데
이제는 자동차들 씽씽 달리는
사차선 도로가 되고 보니
옛 정취 바뀌어 아쉽긴 하지만
세월 뛰어넘은 정감 배어 있는 길
내집 마당 걷는 듯해서 좋다

만장대

기껏해야 삼백이십삼 미터
산 위에 서면 모두가 내려다 보인다

성냥곽 같은 집 오밀조밀 하고
그 사이 꼬물거리는 사람들
사는 게 별거 아니라는 거
한눈에 다 들어와 읽히는
사색의 명당자리 거기에 있다

가끔 생의 아랫배가 찝찝할 때
슬슬 종아리 운동 겸해서 올라보라

천천히 그리고 느긋하게
아랫것들 살펴보는 재미에
마음에 쌓인 피곤 고자누룩해지고
득도 이룬 듯한 기분
만끽해 볼 수 있다

문화 골목 외 1편

이 윤

그녀는 화가
강아지 향이와
기타 치는 하라와
커피 굽는 붉은 태양
사진 찍는 돈까스 공업사
노래하는 사진관 광석씨 부부
모여드는 친구들
여기서 논다
강연을 그림 전시를
수요일이면 음악회를 여는
이곳 재미난 골목에는
재미난 쌀롱이 있다

오래된 미래라는
포크송 가수 권나무 선생님
퓨전소설을 쓴
피아노 치는 데이드림
전국에서 모여드는
이곳의 밤은
김해의
문화골목이다

하루해 지고
피곤에 지친 사람들
커피 향에 피로를 풀고

문화에 물드는 눈빛과 귀
그녀 해맑은 모습이
산다는 것은
논다는 것

김해시 금관대로 1364번길
어둑한 골목길
내외동 잼사에는
오늘도
우주가
손을 내민다

모자 쓴 김해

올라서 본다
여름날 아침
만장대
바위에서
당신은 선율인
백조의 호수
나는 노래하는
백만송이 장미
부러울 게 없는
이 자리

내려다본다
안개 가득 물러난
바위에서
붓을 든 대원군
– 만·장·대를
치신다

그 아래
우리가 살고

김해는
온통
모자를 썼다

가야테마파크 외 1편

이은정

과거로 가는 타임머신을 타고
한 시간 만에 도착한 그 곳은
이천 년 전 신비의 나라
정문을 들어선 순간 나는
6가야의 맹주 금관가야의 백성이 되었다

가야의 거리를 기웃거리며
철기공방의 장인이 되었다가
도자기 가마에 불 지피는 도공도 되어본다
베옷 걸친 농군이 되어
돌쇠 노인집 사립문을 밀어도 보고
구하! 구하! 구지가를 부르며
아름다운 거북 공원을 걷기도 한다

우뚝 솟은 철광산엔
거북이 몃 감는 폭포가 흐르고
넓은 실내 공연장엔
수로왕과 허황후의 사랑을 담은 뮤지컬
'미라클 러브'가 펼쳐지니
춤과 노래 사랑의 메아리가
가야의 거리에 울려 퍼진다

신비롭고 찬란했던 옛 문화가
밝은 태양 아래 다시 살아났다
그러나
태양 뒤편의 그늘
외세의 침략과 멸망에 이른
고난의 역사도 기억해야 하리라

곳곳에 어린이들을 위한
체험의 장소가 있다
공연, 전시, 놀이를 통해 배우는
에듀테인먼트*의 학습장이라니
가야 무사 체험을 하는
용감한 소년들
조랑말을 타고 옛 거리를 달리는
행복한 아이들
모두 복 받은 가야의 후예들이다

가야 테마파크
길이 이어갈 우리의 문화유산이
더 빛나기를 바라본다.

* 에듀테인먼트 : 체험을 하듯이 즐기면서 하는 학습형태

낙동강 레일 파크

백년을 달려온 기찻길이
어느 날 버려져 긴 잠을 잤다
철교는 녹슬고 터널은 허물어져
차츰 잊혀 가던 그곳
이제 잠에서 깨어나
환골탈태의 깃발을 높이 쳐들었다

고된 노동의 역사는 잊어버리고
남루의 때 묻은 흔적도 지워 버려라
휴식과 낭만
격조 높은 치유의 공간으로
화려하게 변신하리라

녹슨 철교는 레일 바이크로
낡은 터널은 와인동굴로
멋진 신분 상승을 했다

철교 위 바이크에 타면
강바람이 실어온 에너지가
한꺼번에 달려오고
짜릿한 스피드에 새가 되어 날아본다

추억의 무궁화호 열차가
푸른 녹음 속의 빨간색 카페로 변신했다
커피 향을 맡으며 카페를 지나면

커다란 오크통 속에서 와인이 쏟아지며
동굴이 나타나고

와인 동굴 안으로 들어서면
18도의 쾌적한 온도에
한층 달콤해진 산딸기 와인의 향기
벽에 걸린 시화들도 발그레 익었다
시화 앞 탁자에 앉아 와인 한 잔 들며
환상 속의 일탈을 즐긴다

해 질 녘 철교 전망대에 오르면
내려다보이는 수변공원이
온통 오색물감의 바다같다
노란 금계국, 하얀 개망초, 보라색 히어리 벳지
황금색 노을빛이 더하여 장관을 이룬다

아름다운 낙동강 레일파크
휴식 뒤에 나를 찾아올
힘찬 에너지를 기대해 보며
그 공간에 머문 하루가 행복하다

진영이와 장유

이 한茶

아무 연고도 없던 장유가
언제부터 그를 찾았길래

절름거리는 노신사는
화요일만 되면 진영에서 장유로
넘어간다 한 발 두 발~

이 길은
진영에서 장유로 가자면
타도시 창원을 거쳐야 하는데도
이 끝에서 저 끝으로 멀기도 먼 길인데도

진영하고 장유는 어디로든 김해라는
한 도시로 잇는 통로라서 일까
몰라~
노신사 진영이는
왜 장유를 애틋하게 못잊어 할까
글쎄~

신명마을에서 외 1편
-마당 넓은 집 2

장정희

흔적을 묻는다고 기억까지 묻혀 질까

마당 넓은 집은 어디로 갔을까
민들레꽃 같은 엄마는 또 어디로 갔을까
어제의 시간을 뒤엎고 있는 포클레인 앞
복잡한 심경에 떠오르는 죽마고우들

골목마다 잘 익은 눈빛들
어깨동무하고 걸어올 것만 같은데
엄마의 품 안에서 다정히 자랐던
이름들을, 풀꽃들을, 다 묻어야 한다니!
문명의 진화에, 의식의 변화에
쫓겨나는 허허로운 이 발 길

그 마을 온 골목에 호박넌출처럼
뻗어있는 유년의 손 때 묻은 흔적들
이제 눈으로 볼 수 없으니
마음으로만 들여다볼 수 밖에

흔적을 치운다고 그 때의 기억까지 사라질까

해반천을 걸으며

마음을 비울수록
느린 걸음일수록
해반천 찰랑거리는 물살은
달의 볼처럼 밝다

엄마가 걷는 길
내가 걷고
또 내 아이가 따라 걷는
역동적인 생명의 하천

어제와 오늘이 공존하는 곳
일상의 먼지를 털어 내고
오늘의 각오를 다지며
잘 익은 내일을 희망하며
산책을 즐기는 도심 속 수변

해반천 둑을 업고 함께 질주하는 도시
수많은 생물과 함께 살아 숨 쉬기에
더 아름답고 찬란한 김해

김해 사랑 외 1편

정보암

김해에는 골골이
뜨거운 사랑 즐비하다

시베리아 삭풍 타고
남으로 달려온 수로
뜨거운 풍랑 넘어
운명을 정박한 허황옥

그들의 달콤한 신행터

그래서 지금도
온 누리 선남선녀
꿈꾸는대로 이루는
대한 만국 김해

김해에는 좌판마다
국경 없는 사랑 싱그럽다.

김해인

부산과 창원사이
잔뿌리 떨쳐진 사랑니
비스듬히 자리한 김해에는

예부터 수더분해서
통영 뒤에 세워도 덤덤
밀양 눈총엔 쓰러져 버리는

착한 사람들만 모여 산다
착하다고 온 세상 소문 나
모여든 사람도 모두 착하다

김해인은 모름지기
사랑니 조금 욱신거려도
구태여 뽑지 않고 잘 어울려 산다.

해반천 외 1편

최경화

한 여름 열기
시원스레 씻어주는 물결
해반천 따라

초록 풀들이 물가에 서서
산책하는 사람들
이야기 소리
자박자박 걷는 소리

흘러 보내지 않으려고
징검다리 밑을 받치고 있는
안간힘에
물살 오르락내리락

신어산의 개망초

신어산 끝머리
흐드러진 개망초
타국에서 날아와
넓은 산맥이
제 것 인양
자리 잡은 지 늙은 나이

유월이면 찾아오는
강철 같은 끈
신어산도 감당하지 못한 채
넓은 품을 내어주고
함께 어울린 숨소리로
굽어보는 자비심

홈플러스에서 외 1편
—구몬 학습지 선생님

하 미 애

사은품만 챙기고
사라지는 그들이 익숙할 법도 한데
나는 아직도 속 끓이고 있다

오가는 사람들 발걸음이 점 점 점 빠르다

개인별 능력별 맞춤학습
무료상담 신청하세요

그녀가 돌아섰던 엘리베이터 앞
어묵 코너에서
나는 속 터진 순대를 씹는다

누리미 마을

-자운영

떠났다 돌아왔다 한다

여고시절 사랑방에서
도시 처녀로 거짓 펜팔
돈 벌어 살고 싶다
부산으로 떠난 너

논밭들이 농공단지로 바뀐
구불텅한 십구 년이
분홍빛으로 꿈틀댄다

무진장 갈비집 사장 김영자

해은사 부처님 외 1편

하성자

똥장군 짊어진
해은사 부처님

삼베 자락 올올이
해우소가 되시었다

코 움켜쥐고서야
손 모을 순 없는 일

스님이 훔치실 리
부처님 엷은 미소다

쩔쩔매는 중생더러
칠보 씨익 푸세하란다

멋쩍은 합장만으로
근심 해맑아 시원타

초벌 산딸기

길섶 아래
봉긋이 피어

늦은 봄 사
생앓이 하는

붉디붉은
젖꼭지

산기슭에
툭툭 흘리는
초경

대책 없는 첫 맘을
그 산은 알까?

연화사 **2** 외 1편

하영란

한여름이 왔습니다
방아잎 고수잎들을 찾아와
아직은 떠들썩한 동상동 시장
꼬불거리는 사람들의 말소리가
담을 넘어 옵니다

배롱나무
땡볕을 견디며 꽃 피우고
마주 보고 눈을 감습니다
바람은
땀방울도 쓸어가지 못하지만
합장한 두 손 어루만져줍니다

피고 지는 데
느린 꽃들이
뜨락 나무에 놀로 앉았습니다

한여름이 갑니다
지는 백일홍에 묻은
풀리지 않는 말들이
잉어들의 꼬리에 묻어갑니다

봉황대로 부는 바람

신어산을 넘어온 바람이
귓속을 씻고
입안을 돌아 나가면
우리도 바람이 된다

바람은 띠가 된다
마음과 마음을 잇는
분성로에 알록달록한 띠가
빛 좋은 날 바람에 일렁인다

쉼 없는 바람이 분다
살아 있는 것에는 바람이 인다
살아 있는 기운들은 섞인다

봉황은 잠시
접었던 날개를 펴고
금빛 들바다에 날아오른다
색색의 띠바람이
날개를 밀어 올린다
금바다가 출렁거린다

율하천 물과 같이 외 1편

홍순옥

물 따라 길을 나선다
낮은 데로 낮은 데로 흘러간다

막히면 돌아가고
먼 길 쉬지 않고 간다

바람 속에
흔들리며 피는 풀꽃같이
아픔을 숙명삼아
그렇게 흘러가도

오늘
길은 보이지 않고
슬픈 영혼처럼
돌아오지 못하는
외로운 메아리만
되돌아 온다

벽화 마을

벽화가 있는 봉황동 유적마을
변치 않는 사랑의 문들이 많아
소박하고 다정한 사람들이 모여 사는 곳

조개무지 패총 옆
전설 속의 사람들과 공존하는 하루

마음을 다해 사랑하고
먼 이웃나라
구원의 징표가 되는 마을

동시

김영미   김용웅

변정원   선 용   이애순

동화

손영순

봉황대 흔적

김영미

등마루 굽어
고즈넉한 숲
흘레바람 얼기설기
구릉을 몰아 휘리링

산안개 감응하여
황세바위 전설
가락국 전령들

서남쪽 황세돌,
동남쪽 여의돌

전설 속 하늘 문 열고
심혼을 다해 솟구치는
애틋한 사랑메아리~

이팝나무 1 외 1편

김용웅

초록 이파리에
하얀
눈이 내린다

오월
햇살을 안고
하얀 눈이 내린다

깔깔거리며 뛰놀던
강아지와 아이들
불러내는 재주는 없지만

눈이 부신
하얀
봄이

자꾸 자꾸만
나뭇가지마다
소복소복 쌓인다

이팝나무 2

우리 동네
뒷산에

주렁주렁 매달아 놓은
하얀 눈송이들

이 아름다움을
누구에게 전할까

온몸이
달아올라

봄을 지피는
오월 내음으로

하얗게
하얗게

산등성이에
뒹굴고 있다

※ 김해 이팝나무 : 김해시 한림면 신천리 940번지,
　　　　　　　　　천연기념물 제185호(1967년 지정)
　　　　　　　 : 김해시 주촌면 천곡리 885번지,
　　　　　　　　　천연기념물 제307호(1982년 지정)

무척산의 흔들바위 외 1편

변정원

가야를 못 잊어서
고이 내려 앉은

어머니
허황후여!

가야사랑
끝없어라

하늘에
닿는
간절한 기도

모음각 종소리
울릴 때면

고개가
흔들~
흔들거린다.

재미난 골목길

-김해 연지공원 근처

술래잡기
고무줄놀이 하던
친구들

어디로 갔나
두리번거리니

나사못 하나 없는
수상한 공업사에서

그냥 돈까스
매운 돈까스
까르보나라 돈까스…….

먹는 놀이
한창이다

-꼭 꼭 숨어라
머리카락 보인다!

재미난 쌀롱으로 숨어버린
어른들

쓴 커피 달게 마시며
아이가 되는
연습하며 논다.

봉순이 외 1편

선 용

더 이상 외로운 달은
보고 싶지 않아
더 이상 슬픈 별은
보고 싶지 않아
혼자는 너무 추워
사자바위 호미 든 관음보살께도
말하지 않고 가버린
야속한 황새
하지만 행여나
늦게라도 돌아오면 어쩌나
화포천 물먹새
잠 한숨 못자고 밤낮
서걱서걱 울고 있다.

진영 삼촌

좋아서 어쩔 줄 모를
조카들을 생각하며
정성껏 상자에 담는다
봄부터 늦은 가을까지
땀을 마시고 햇빛 바람 먹어
심지를 돋우지 않아도
환한 등불 같은 감
사이사이 까치소리도 넣고
사이사이 솔바람도 끼어넣고
택배차에 실으며
가을 햇살처럼 웃는
귀농 1년차 햇병아리 농부
진영 단감밭 삼촌.

해반천 풍경 외 1편

이애순

가락국 해상 무역 물길
해반천 수변공원
다리 밑은 인기 짱.

돗자리 깔고 누운 할아버지
바람 곁에 불러놓고
낮잠을 자고

연주하는 아저씨는
음악가인 양
폼을 잰다.

나는 물속에서
물고기와
달리기 경주

자전거 타던
형들도
땀 식혀 가는 곳.

해반천
다리 밑은
도심 속 정자나무.

손자국 기와
−가야 기와 특별전에서

와공의 손자국 찍힌
조각난 기와 한 장

이천 년 후손과
악수라도 하고 싶어

기와 만들며
손도장을 찍어두었나.

긴 시간 흙 속에 묻혀
후손들 만날 날 기다리다가

박물관 유리장 안에서
아이들과 만난다.

선명한 손가락 자국
이천 년을 뛰어 넘어

와공 할아버지
눈앞에 계신 듯

그 숨결
전해온다.

* 와공 : 기와를 굽는 사람

도요강변

손 영 순

아침을 깨우는 낙동강 물안개 너머로 열차가 달립니다.

김해의 끝자락, 도요강변!

봄볕에 쑥이 뽀송뽀송 얼굴을 내밀고 주위를 둘러봅니다.

"아~ 심심해. 하품만 나오는걸."

도요새 한 마리가 쑥에 말을 겁니다.

"내가 친구 하면 좋겠지?"

"넌 오래도록 머물 수 있는 친구가 아니야."

"친구 해준대도 싫으면 관둬라. 흥!"

도요새는 낙동강을 가로질러 건너편 물금읍으로 날아갔습니다.

"아무도 깨어나지 않은 이 넓은 강변에 쑥인 우리만 먼저 나오니 이야기할 다른 친구가 없어. 얘들아, 늦잠을 자면 어떡해. 이젠 일어나야지!"

"뭐라고? 내가 너보다 먼저 일어났는걸."

쑥부쟁이가 말했습니다.

"나도."

민들레도 거들었습니다.

"쑥부쟁이야 넌 사람들이 좋아하지 않아. 일찍 일어나도 별 볼일 없을걸?"

"쑥, 넌 뭐 별 볼 일 있니?"

"당연하지. 내가 얼마나 많이 쓰이는지 어디 한번 말해볼까?"

"그래? 그럼 말해 봐."

"지금처럼 보들보들하면 쑥떡을 해먹고 단오에는 삶아서 머리를 감았지. 여름날 모기 쫓는 모깃불, 곰이 쑥 한 다발과 마늘 스무 개를 먹고 사람이 되었다는 한국 설화도 있고, 한방에선 뜸으로 쓰여서 약쑥이란 말을 한다."

"그렇게 쓰임새가 많아?"

"응."

"그래서 좀 아는 척했군?"

"그래서가 아니라 쑥에 대해 알려주려고 한 거야. 이젠 알았지?"

"나도 옛날 배고픈 시절엔 먹을 수 있는 풀이었다고"

강변에 식물들이 서로 쓰임새를 말하고 있는 그때였어요. 웅성거리는 사람들의 소리가 들립니다.

"쉿! 조용히 해."

"왜?"

"넌 쑥부쟁이라 괜찮지만, 쑥을 캐러 온 사람들이야. 봄이면 연중행사지. 넌 작년 가을 씨앗으로 뿌리내렸으니 잘 모르지?"

갈대 줄기에 숨어서 보니 사람들이 많습니다. 돗자리를 펴놓고 점심을 맛있게 먹고선 사라집니다. 쑥을 많이 뜯었다며 즐거운 표정들입니다.

"이젠 괜찮아, 모두 갔어."

지켜보던 강가의 갈대였습니다.

"넌 강가에 있어서 사람들이 잘못하면 물에 빠지는 자리에 있으므로 안심해도 되는데 웬 호들갑이냐?"

갈대가 쑥에 핀잔을 줍니다.

"그래 갈대 말이 맞아!"

부레옥잠도 한 마디 합니다.

"그대로 받아들이며 살아야지."

언제 왔는지 달팽이도 거듭니다.

"아까는 큰소리치더니 숨긴 왜 숨니?"

쑥부쟁이는 쑥이 얄미웠나 봅니다.

"너희들과 가을까지 친하게 지내려고"

얼굴이 빨개진 쑥은 할 말이 없는지 말끝을 흐립니다. 느림보 달팽이도 저만치 기어가고, 봄바람과 강바람에 강변의 갈대는 리듬을 타고 춤을 춥니다.

바람이 불 때마다 그만큼 강해진답니다.

거미도 여기저기 집 지을 장소를 찾고 있습니다.

"쑥은 너무 부드러워 안 돼. 저기 갈댓잎이 좋겠어."

거미는 갈댓잎을 삼각형으로 접어서 안락한 보금자리를 만들었습니다.

저마다 살아가는 방법이 모두 다릅니다.

엉겅퀴는 보랏빛 꽃이 피니 진딧물이 많이 생겼습니다. 무당벌레가 진딧물을 먹으러 날아오자 개미군단이 무당벌레를 쫓아 줍니다.

진딧물과 개미는 서로 돕는 사이입니다.

"앗! 개미군단이다. 도망가자."

무당벌레가 작은 날개를 파닥이며 날아갑니다. 지칭개도 방울방울 연보라 꽃망울을 달았습니다.

많은 식물과 생물의 보금자리 강변 물가엔 부레옥잠이 꽃을 피워 한껏 자랑하지만 봐 주는 것은 쑥과 갈대뿐!

"얘들아, 나 예쁘지!"

"아무도 너에겐 관심 없는걸."

쑥이 샘이 났는지 퉁명스럽게 말합니다.

"보라색 꽃이 정말 예쁘다. 얘들아 한번 봐 주렴."

개구리밥이 말하네요.

"참 예쁘오."

잎이 조금 흔들리고 작은 목소리가 어디선가 들렸지만 누구인지는 보이지 않습니다.

"아하! 이제 보여요."

갈대가 청개구리 부부를 보았습니다.

"아까부터 부레옥잠 잎에서 낮잠을 자는데 은은한 향기에 절로 잠이 와서 한참 잘 쉬었어."

부레옥잠에 고맙다고 인사를 합니다.

비가 새벽부터 부슬부슬 내립니다.

부레옥잠 잎에 빗방울이 은구슬처럼 강물로 흘러갑니다.

왜가리도 물에 비친 고기를 잡기 위해 비를 맞으며 갈대에 몸을 숨기고 한 곳만 바라보고 있습니다.

얼마나 기다려야 할까요?

비는 그치고 실잠자리 두 마리가 풀잎 사랑을 나누고 있습니다. 부레옥잠 잎에 앉아서.

"얘들아, 여기 잠자리가 왔어!"

여뀌는 큰소리로 친구들을 부릅니다.

쑥은 난쟁이에서 이젠 키다리가 되었으니 멀리도 가까이도 잘 볼 수 있습니다.

"잠자리? 어디에 앉았니?"

"앞을 보지 말고 비스듬히 동쪽을 봐."

"보인다. 보여!"

시원한 바람이 부는 오후, 사마귀가 메뚜기를 잡았습니다.

"살려 줘! 얘들아, 도와줘!"

메뚜기가 살려 달라고 소리쳤습니다. 그러나 아무리 크게 소리쳐도 사마귀 근처엔 누구도 가까이 갈 수 없습니다.

달팽이도 들킬까 봐 느릿느릿 풀잎 뒤에 숨었습니다.

사마귀는 메뚜기 진액을 빨아먹고는 아무 일도 없는 듯 날아갑니다.

그렇게 무서운 사마귀도 새들의 먹이가 된답니다.

사마귀가 배불리 먹고 풀잎에 누워 낮잠을 자는 동안 찌르레기에게 잡혀 먹히고 말았습니다.

　도요강변.
　모두가 잠든 밤, 어둠 속에서도 달맞이꽃이 노란 꽃을 피우고 있습니다.
　여름이 끝나갈 무렵, 남생이 새끼도 얼굴을 쑥 내밀었어요. 남생이 어미는 강변 모래를 파서 알을 낳고 떠났지만 때가 되면 알에서 새끼가 태어나 강물 쪽으로 기어갑니다.
　어미가 그러했듯 대를 잇기 위한 끝없는 움직임! 보이는 곳에서 보이지 않는 곳에서 새끼를 키워내는 모습들, 동식물끼리 서로 살기 위한 지혜. 곤충은 곤충끼리 풀잎은 풀잎대로 모두 계절과 함께 시작하고 더불어 저물어 가는 낙동강 도요강변.
　강바람에 씨앗들이 바람을 타고 멀리멀리 날아갑니다.

수필

구애순

권정숙

김근호

김경희

박경용

안진상

가야의 유산

구애순

지난해부터 회현동 주민센터 서쪽 인도에 인부들이 대문틀 같은 철 구조물 다섯 개를 띄엄띄엄 세우더니 철골 사이에 튼실한 철조망을 붙였다.

'저것이 도대체 무엇에 쓰이는 물건인고?' 그곳을 지나칠 때마다 궁금해 하다가 어느 날 마음먹고 찬찬히 살펴보았다. 철 구조물 표면에 가야의 황새 장군을 사랑한 여의 낭자와 유민 공주의 애달픈 사연이 자세히 쓰여 있었다. 반대편 철조망에는 사랑의 맹세와 하트를 그린 '사랑의 자물쇠' 몇 개가 걸려있었다. 연인들이 사랑의 증표로 걸어 놓고 간 것이었다.

요즘 유명 관광지에는 '사랑의 자물쇠'를 매다는 곳이 더러 있다. 년전 이탈리아 관광에서 '줄리엣의 집'에 들렀을 때다. 담벼락 철조망에 세계 각국 연인들의 가지각색 자물쇠가 빼곡히 매달려 있었다. 그 많은 자물쇠마다 연인들의 이름과 한두 마디씩 사랑의 의미를 담은 글들이 쓰여 있었다.

최근 김해시는 '회현동 패총'과 '봉황대 유적'이 있는 우리 마을을 관광명소를 만들려는 의지로 전에 없이 많은 신경을 쓰고 있다. 회현동 주민센터에서 봉황대로 통하는 길을 정비하고 밤이면 신비스러운 불빛이 새어나는 예쁜 대리석 구조물도 길을 따라 설치했다. 패총전시관으로 통하는 골목길은 시커먼 아스팔트를 걷어내고 포근하고 부드러운 연분홍색 고무 재질(材質)로 깨끗이 포장하고 골목의 블록담들을 다양한 색깔의 페인트로 단

장했다. 넓은 벽엔 장식용 벽돌과 기왓장 등으로 색다른 조형물을 설치하면서 뜻 깊은 글도 써넣고 예쁜 그림도 그려 넣었다. 우리 집 한쪽 담 꼭대기에는 새들이 지저귀는 형상과 물고기를 쫓는 고양이 등 작은 조형물을 설치하고 밤중에도 골목길이 훤하게 새로운 가로등도 달았다.

패총전시관 끝자락에는 가야시대의 도련님과 아가씨가 마주 보며 반기는 거대한 금빛 조각상을 세웠는가 하면 반대쪽 골목 담벼락에는 미모의 청년이 사모하는 여인에게 꽃다발을 바치는 부조를 장식해 놓았다. 이 모두 봉황대 '황새바위'에 얽힌 비련의 주인공 황새 장군과 여의 아가씨의 애틋한 사랑을 기리려는 뜻으로 생각한다. 유적지를 찾은 손님에게 감명 깊은 추억을 선물하려는 김해시의 배려가 돋보인다.

가야의 유산은 김해의 보물이며 자존심이다.

태풍과 홍수의 기억

권정숙

　사나운 바람 불던 추석날 아침. 바람은 온 집을 삼킬 듯이 거세게 불어대었다. 아이는 새로 입은 예쁜 꽃무늬 원피스 자랑을 못해 더 속이 상했다. 못내 원망스러운 눈길로 비바람 몰아치는 바깥을 내다본다. 귀신의 호곡 소리 같이 바람은 윙윙거리고 나무는 쓰러질 듯 흔들렸다. 엄마 뒤에 숨어 두려움에 떨던 아이는 커다란 두 눈에 눈물이 그렁했다. 천명 가까운 실종사망자에, 가옥이며 선박이며 농경지까지 전쟁보다 더 처참하게 초토화시켰던 기상 관측 사상 유례가 없는 최대 최악의 태풍이었다. 그 유명한 이름만 예쁜 사라호 태풍이었다.

　2년 전의 악몽이 채 가시기도 전에 다시 덮친 재앙은 어린 마음에도 너무나 아픈 기억으로 오래도록 남아 있었다.

　한림초등학교 4학년, 사라호 태풍이 오기 2년 전으로 기억한다. 영남에 집중된 여름 폭우로 급격히 불어난 낙동강 물은 결국은 그토록 염려했던 모정 쪽을 덮쳤다. 둑이 터진 것이다. 삽시간에 누런 흙탕물은 노도와 같이 밀려 들어와 논이며 밭이며 저지대에 있는 가옥까지 닥치는 대로 먹어치웠다. 미처 피하지 못한 송산 외딴집 노인은 물길에 휩쓸려 끝내 숨을 거뒀다는데 어디가 논이고 어디가 밭인지 눈길 닿는 곳 모두 온통 누런 흙탕물이다. 길가에 키 큰 미루나무도 겨우 몇 개의 잎만 드러내어 여기가 큰 길이다라고 알려줄 뿐 평화롭던 마을 술미는 섬처럼 완전히 고립이 돼 버렸다. 다행히 우리 집은 높은 곳에 자리하고 있어서 물들 염려는 없었지만, 우물이 물에 잠겨 마실

물도 없었다. 흙탕물을 가라앉혀 밥을 해먹고 그 물을 끓여 마셨다. 학교도 못 가고 언제쯤 물이 빠질지 기약도 없는데 철없는 아이는 걱정 반 호기심 반으로 날만 새면 물 구경하러 둑으로 달려간다. 누런 흙탕물은 둑의 중간까지 올라와 넘실대고 있었다.

자연에 순응하며 사는 순박한 사람들이다. 장마가 계속되고 큰물이 들면 일이 년 걸려 낙동강물이 범람한다. 그때마다 둑 밖의 모든 농작물이 홍수의 밥이 되었다. 자주 겪는 일이라 그렇거니 하고 살기엔 그 참담함이 너무도 컸다. 둑이 터져 둑 안의 다 지어놓은 작물까지 못쓰게 됐으니 앞으로 살아갈 날이 아득하기만 한 농민의 구멍 뚫린 가슴에 생각 없는 황토물이 훑고 지나간다. 불탄 자리엔 재라도 남는다지만 물은 거대한 블랙홀처럼 모든 걸 형체도 없이 빨아들인다. 서재 끝에 올라가 낙동강을 바라본다. 한껏 몸집을 불린 낙동강은 바다처럼 거대해져서 누렇다 못해 시뻘건 혀를 날름거리며 미친 듯이 울부짖고 있었다. 위쪽에서 떠내려 오는 보릿짚더미, 통째로 뽑힌 초가집 하며 세간들. 어찌할까나! 지붕 위에 사람 하나 살려 달라 소리치며 손을 흔들며 떠내려간다. 구경하는 사람들 안타까워 발만 동동 굴릴 뿐 거센 물살에 어떻게 할 수가 없었다. 성난 자연 앞에 인간은 너무나 미약한 존재였다.

과수원을 덮쳤는지 셀 수도 없이 많은 사과들이 둥둥 떠내려온다. 그래도 간 큰사람 있어 배를 타고 열심히 부유물을 건져 올리고 있었다.

며칠 후, 당산엔 잠자리비행기(헬기)가 내려앉고 키 크고 코가 큰 낯선 사람들이 내려왔다. 온갖 구호품을 나누어 주었다. 초콜릿이며 캐러멜 분유 밀가루 옷가지 등이었다. 프로펠러의 굉음이 멀어질 때까지 자리를 뜨지 못하고 바라보던 생각이 난다. 그 뒤에도 여러 번을 그렇게 헬기가 왔다 가곤 했다. 학교에서도 밀가루와 분유를 배급했고 마을에서도 밀가루 옥수수가루 분유와 옷가지 등 구호품이 전달되었다. 알량미(안남미)란 길쭉하게 생긴 쌀도 함께 보급되었는데 푸석하여 정말 맛없던 밥맛이 생각난다. 그래도 가끔 밀가루와 우유를 섞어 쪄주시던 엄마표 빵은 별미였었다. 분유를 먹으려다 온 얼굴에 노랗게 분칠을 하고 목에 걸려 캑캑거리던 기억이 새롭다. 수리조합 창고를 잠시 빌려 공부할 때 글짓기 시간이었다.

"물이 들어 농사도 다 못쓰게 됐고, 먹을 것도 없고 인제 우리는 파입니다."

두고두고 오빠에게 놀림을 당했던 작문의 이 한 구절, 아직도 잊히지가 않는다.

그해 겨울, 들판엔 무 배추가 대풍이었다. 모자라는 쌀을 보충하려고 무채를 썰어 쌀과 함께 무밥을 하곤 했다. 양념장에 비벼 먹으면 그런대로 먹을만했을 텐데 그땐 왜 그렇게 싫었던지 모르겠다. 죽어도 먹지 않으려는 못된 딸 때문에 식사 때마다 엄마와 작은 실랑이가 벌어졌다. 엄마는 옥식기라 불렸던 뚜껑 있는 안성 유기에 불린 쌀을 넣고 가마솥에 넣어 따로 밥을 해 주셨다. 어린 딸 굶길 수도 없었던 엄마, 시부모님 보기가 얼마나 난처했을까 싶다. 가슴은 또 얼마나 쓰렸을까 생각하면 죄스럽기 그지없다. 하루에 두세 개밖에 나오지 않던 달걀이었다. 부드러운 속살은 찜을 해 할아버지 상에 올리고 껍질은 쌀로 채워 밥 위에 쪄주셨다. 엄마 속도 모르고 잘도 먹었던 달걀 고두밥의 기억이다.

어머니! 그때의 당신보다 한참 더 나이를 먹은 지금에도 절절한 그리움에 이렇게 가슴 젖습니다.

생각만으로도 목이 메는 내 어머니! 당신을 영원히 기억하렵니다.

장유 반룡산 기슭에서

김근호

　본격적으로 무더위가 시작되는가 싶다. 2016년 칠월 이십일 수요일 해 질 녘이다. 커피 생각이 나서 무계천변에 있는 어린이집에 들렀다. 중학교 교장으로 정년퇴직을 하셨으며, 오래 전부터 교회 장로이시고 이곳 어린이집 원장님의 남편을 나는 좋아하기 때문이다. 오늘도 특별한 일이 있어서 보다는 집으로 가는 길목이라서 들렸다.

　장로님은 반갑게 대해주시면서도 어인 일로 왔는가 싶어 의아해 하시기에 커피 한 잔 달라고 했다. 나는 커피를 너무 좋아하기 때문에 진짜로 한 말이다. 커피를 끓이려면 장로님이 일어서야 하는데 가만히 앉아 계시기에 옆방에서 누군가 제가 커피를 원한다는 말을 들었는가보다 하고 기다렸다. 나의 생각대로 역시 주방에서 아주머니가 커피를 끓여 오셨다. 수수하게 차려입었지만 귀티가 흐르는 모습을 숨기지 못했다. 약간 글래머 몸매에 예쁜 얼굴이어서 부잣집 사모님 같다는 생각을 하면서, 커피를 놓고 가는 그 여인의 뒷모습을 바라보고 있는데, 이제 그만 보라는 듯 장로님이 그 여인을 두고 말씀하셨다. "저 아주머니는 모 대기업 이사 부인인데 이곳 어린이집 주방 일을 하고 계십니다."

　이곳에 오면서 '가치의 혁신'이란 화제로 장로님과 대화를 하고 싶었는데, 커피를 타주신 그 여자분 덕분에 대화가 순조로울 것 같다는 생각이 들었다. 이곳 어린이집의 원장님은 나와는 장유초등학교 동창이며 나보다는 한해 후배다. 그리고 보면 남편인 장로님은 아마 나보다는 두 해 정도 연배로 보면 맞을 성 싶다. 그래서 인지 장로님은 나에게 언제나 말씀을 조심스럽게 하시는 것 같고, 나는 어리다는 핑계로 부담 없이 대하는 편이다. 테이블에 커피 잔을 두고 장로님과 같이 앉았다. 하고 싶은 말을 하기 위해서 어린이 집에는 방학을 언제 하느냐고 여쭈었다.

"어린이집은 원래 방학이 없는데 학부모님들에게 양해를 받아 며칠 정도 휴가를 하는 실정입니다." 참으로 안타깝다는 듯 장로님이 말씀하셨다.

"부부가 직장에 다니는 경우에는 어떻게 합니까?" 잘 알고 있지만 다음 말을 하기 위해 여쭈었다.

"우리 선생님들이 근무 조를 편성하여 돌보고 있습니다."

"어린이 보육이 가장 중요하다고 하면서 실제로는 보육교사의 근무환경이 매우 열악하다는 생각이 듭니다." 나의 말에 장로님은 아군을 만난 듯 애로사항을 말씀하셨다.

"우리 보육교사는 매우 힘들게 근무함에도 불구하고 보수는 정부의 최저임금수준입니다. 정부의 지원금이 상향 조정 되어져야 합니다."

나는 기다렸다는 듯 장로님의 말씀을 받았다.

"저도 같은 생각입니다. 저는 심지어 이런 생각까지 합니다. 초·중·고 대학교수까지 보육교사와 보수가 같아야 한다고 봅니다. 학교 교사뿐만 아니라 일반 공무원도 9급에서 1급까지 1호봉(초임)은 똑 같아야 한다고 봅니다."

"의원님의 말씀은 언뜻 들으면 오해의 소지도 있는 것 같습니다. 보육교사는 고등학교를 졸업하고 1년간 보육교사 양성과정을 이수하면 되는 데 비해 대학교수는 대학4년과 대학원 5~6년을 더 다녀서 박사학위까지 받은 분이 대부분인데 거기다 비교하는 것은 좀 지나치다는 말을 들을 것 같습니다."

보육교사의 근무 환경과 보수가 너무 열악하므로 정부의 대폭적인 상향 지원이 필요하다고 하신 장로님의 말씀은 다른 초·

중 · 고 교사들과 비교해서 나온 말씀이 아니고 보육교사 그 자체로서 보수가 너무 미흡하다는 말씀으로 이해되었다. 또한 현재의 관념적 틀을 깨는 것은 여러가지 극복해야 할 문제가 많다는 말씀이었다.

"현실적으로 실현하는데 문제가 많다는 걸 인정합니다. 그러면서도 저는 화가 납니다. 왜 사람들이 비교할 수 없는 가치에 대하여 상호비교하고 제멋대로 잣대를 대는 지에 대하여 화가 납니다. 경제교과서에 나오는 희소가치가 높기 때문이라고 하겠지요. 이것도 인정합니다. 그렇지만 처음 출발할 때는 보수가 같아야 한다고 생각합니다. 그 후부터 더 많은 시간을 일하여 생산성을 높이거나 더 많은 아이디어를 개발하는 사람은 당연히 그것에 상응하는 성과급을 받아야겠지요. 그러나 어디까지나 기본급은 같아야 된다고 봅니다. 육체와 정신 중에서 어느 쪽이 더 가치가 있느냐고 묻는다면 대답할 수 없는 것과 같은 논리에서 출발합니다. 예를 들어 머리가 좋아서 박사학위까지 취득하고 대학교수도 충분히 될 수 있는 바탕을 지니고 있지만, 그보다는 어린아이 돌보는 일이 하고 싶다면 과연 그 분에게 대학교수보다 적은 보수를 드려도 된다는 말을 하는 사람은 없으리라 생각합니다. 따라서 적성에 맞는 일을 찾아 하게 하려면 상대적으로 차별화하는 가치를 바로잡는 일이 우선되어야 한다고 봅니다. 새벽을 깨끗하게 열어가는 청소부와, 막힌 하수구를 뚫어주는 배관수리공, 사무실에 앉아서 기획을 하는 사무원 등 모두가 똑 같이 중요하고 서로 비교할 수 없는 가치를 가지고 있으므로 차별화해서는 안 된다는 것입니다." 나는 더 말하고 싶었지만 배가 고파서 참았다. 이 정도까지도 들어주는 사람은 찾아보기 어려운데 장로님은 싫은 내색 없이 들어주셨다. 나의 말이 너무 길어질까 봐 일부러 참아 주신지도 모른다. 무엇보다도 사모님이 차려놓은 저녁상을 맞이하셔야 될 것 같아서 나는 자리에서 일어났다. 그리고 운전하면서 못 다한 말을 하기 시작했다.

"협동조합의 조합장과 계약직 직원의 초임도 같아야 한다. 골치 아픈 조합장 보다는 나는 고객에게 친절을 베푸는 판매원이 되고 싶다면 이 또한 조합장과 동급의 가치를 부여해야 한다고 본다. 물론 성실함과 생산성으로 받는 성과급은 당연히 달라야 한다고 본다. 그러기 위해서 우리 사회는 가치의 혁신이 필요하다. 빈부의 격차, 지적 수준의 격차, 아름다움의 격차 등 수많은 양극화 현상에서 오는 상대적 박탈감이 사회질서를 위협하고 있다. 그 강도는 날이 갈수록 더 위협적으로 다가오고 있다. 그 상대적 박탈감을 해소하기 위해서라도 가치의 혁신은 필수적이라고 본다." 보이지 않는 나와 얘기하고 있는 중에 어느새 어둠이 짙게 깔려버렸다.

　이제 또 오늘 하루를 정리할 시간이 온 것 같다. 이럴 때는 언제나처럼 누군가와 더불어 살면서도 나를 기준으로 기록을 남기고 싶어 한다. 오늘도 내가 사람들에게 들은 얘기보다는 내가 사람들에게 했던 말들을 주로 하여 기록하고자 한다. 여러 말 중에 "모든 가치의 기준은 언제나 똑 같아야 한다."는 말을 남기고 싶다. 우리가 달리기 경주를 할 때 똑 같은 선에서 출발하듯이 처음은 언제나 같아야 한다. 예외로 약자와 달리기를 할 때는 앞세우고 뒤 늦게 출발하는 경주를 하기도 한다. 그런데 스포츠가 아닌 경쟁사회에서는 약자와 똑 같은 선에서 출발은 커녕 오히려 뒤 늦게 출발시켜 결과의 차이가 너무 심하게 나타나는 경우를 볼 수 있다. 한편 성실하게 일하였음에도 개인의 사정에 따라 결과가 미흡하게 나타나는 경우도 있다 그러나 이런 경우는 신세타령은 할지언정 불공평하다고 억울해 하지는 않는다. 그러므로 시작할 때는 언제나 똑같은 선에서 출발해야 된다고 거듭 말하고 싶다.

　김해시 장유에 살고 있는 김근호라는 사람은 2016년 칠월 이십 일 반룡산 기슭에서 이런 생각을 했다고 남기면서 또 하루를 접는다.

분성마을에 공병학교가 있었다

김경희

내가 사는 분성마을은 오래전 육군 공병학교가 있었던 곳이다. 1948년 3월 1일에 창설되어 47년간 50여만 명의 육군 공병인을 양성하다가 1995년 전라도 장성으로 이전하였다. 육군 공병학교는 축성(築城), 가교(架橋), 폭파(爆破), 측량(測量), 건설(建設) 등 기술적 임무를 맡은 병과이며, 초급 공병 장교와 병사를 교육하는 곳이다. 철모를 쓴 병사들의 행군 소리가 구지봉의 아침을 깨우고, 가까운 초소에서 총을 든 병사의 삼엄한 모습을 볼 때마다 나도 모르게 온 몸이 경직되었다. 작전 훈련과 각종 폭파물 훈련이 시작되면 팽팽한 긴장감이 방금 전쟁이라도 터질 듯 초조했다.

반세기에 걸쳐 육군 공병인들과 함께 한 삼계 일대는 더 이상 한가한 농촌이 아니었다. 해마다 홍수로 인해 제방공사 작업도 그들의 몫이 되어 삽질을 하고 모래자루를 날랐다. 농번기가 되면 논에는 주민들보다 병사들이 더 많이 붐벼 주변 논 주인의 농사 걱정을 덜 수 있었다. 인심 좋은 안주인이 이고 온 새참과 군부대에서 준비해 온 건빵을 나누어 먹는 모습도 눈에 띄었다. 둑길을 걸어가는 여고생에게 건빵과 함께 주소가 적힌 쪽지를 건네주기도 했다. 그 주소로 편지를 주고받던 어느 여학생의 데이트 소문이 학교까지 알려져 결국 정학을 당했다.

김해는 60년대 후반부터 청춘남녀가 넘실대는 격정의 도시로 변해갔다. 육군 공병학교를 이어 김해 경제를 주도했던 한일합

섬 공단이 생기면서, 기숙사가 부족하여 변두리까지 자취방을 구하는 여공들이 늘어났다. 주민들은 작은 공간도 방을 만들어 셋방을 놓고, 구멍가게를 차려 생활에 보탬이 되기도 했다. 반면 젊은이들의 연애담이 끊임없이 이어지면서, 밤이 되면 골목마다 뭇 연인들의 헤픈 웃음소리가 고요한 담장을 넘어 어른들의 밤잠을 깨웠지만, 사글세를 받는 처지라 냉가슴만 앓았다고 했다.

장성으로 이전한 후, 분성마을은 8년 동안 긴 침묵이 흘렀다. 2003년 가야대학교가 설립되면서 혈기 넘치는 육군 공병 장교들의 혈맥이 이어져, 학구열에 불타는 젊음의 도시로 다시 변하면서 대단지 아파트촌이 조성되고, 근린시설과 상가가 밀집하여 신도시로 탈바꿈되었다. 숲이 울창하고 공기가 청정하여 기온 차이가 2도 정도 낮아 여름에는 시원하고, 겨울에는 보기 드문 눈이 내리면 겨울의 낭만을 만끽할 수 있어 좋다. 산이 가까워서 등산하기에도 적합한 마을이다. 산을 오를 때는 가야대학교를 낀 등산로를 택한다. 그 길은 금방이라도 총성이 터질 것 같은 낡은 초소가 있다. 그 초소를 지날 때마다 옛날이 새록새록 생각난다. 국가안보와 국위선양에 일등공신이 되어 머물다간 육군 공병학교 자리에 근린공원이 조성되고, 공원 부근에 공병 탑과 역사를 소개하는 부조가 설치되어 있다.

한반도의 평화를 지킨 육군 공병 학교가 우리 지역에 주둔했다는 사실이 자랑스럽다. 고도의 김해가 또 다른 역사의 장으로 널리 알려지길 바라는 마음이다.

해거름의 사자바위

박경용

　해거름에 어느 농촌 길을 운전해 가는데 우람한 바위가 신비
감을 자아내며 버티고 있는 게 보였다.
　바위가 주는 영험 스런 분위기에 차에 동승한 사람들이 다 내
려 함께 그 바위를 눈여겨보았다.
　그 바위가 노무현의 생가 근처 사자바위라는 건 그가 대통령
에 당선된 후 한참만에야 알게 되었다.
　음 이런 걸로 해서 옛날 사람들은 풍수지리에 관심을 가졌나
보다 하며 생각한 적이 있다.
　등산을 좋아하기에 그곳을 찾아보기로 하여 어느 겨울 포근한
날 별로 높지 않은 사자바위에 올라갔다
　그리고 사자바위 아래 사람들이 잘 가지 않는 쪽으로도 답사하
듯 돌아보았다.
　그런데 갑자기 저쪽에서 누런 산돼지 한마리가 나를 보고 놀랐
는지 저쪽으로 달아나는 게 아닌가.
　나도 약간은 놀라 움찔했다.

다시 바위 밑을 따라 돌고 있는데 어느 지점에서 나는 묘한 기분을 느꼈다.

온 전신에 어떤 신비한 기운이 느껴지는 게 아닌가.

어 이상하네 이게 왜 이럴까 하며 한참 서서 두리번거렸는데 계속 신비한 기운이 감돌았다.

그렇다고 특별한 건 없었다.

그 지점에서 그런 현상이 일어나는 것이었다.

나는 그 이후 그 봉화산 정토원에 계시는 S법사님에게 이를 여쭈어 보았다.

"네 그곳은 수만 년 전부터 우리조상들이 하늘에 제사를 지내던 장소입니다. 천지의 기운이 감도는 곳이지요. 감각이 예민한 사람들은 대개 느껴지는 거지요" 라며 설명하였다.

평소 이런 방면에 별로 관심을 갖고 있지 않은 나였지만 어떻게 받아들여야 할 지 묘한 기분이 들었다.

오래전 한국전자공학회장을 역임한 L교수가 쓴 『한반도에 기가 몰리고 있다』 라는 책을 읽어본 적이 있다.

아련하지만 백두산의 기운이 백두대간을 타고 남으로 내려와 마지막 남해바다 가까운 경남지역 쪽으로 기가 몰린다는 것이었다.

마치 피뢰침의 끝에 엄청난 에너지가 모이는 것과 같다는……대충 이런 내용이었다.

그런 것에도 문외한인 나로서는 반신반의 하면서 내가 사는 지역의 역사성이 머리에 스쳤다

나일강 황하강 등 인류문화의 발상지는 긴 강 하구였던 것처럼 낙동강과 더불어 백두대간의 기와 함께 구지가, 가야금, 가야무 등 한반도 예술의 시원지가 이곳이었던 역사성은 우연이 아닐 것으로 여겨졌다.

한반도 예술의 시원지. 하늘의 기운을 엄청 많이 받을 수 있는 우리 고장의 우리 문인들이라 할 수 있다.

환경적 존재인 인간으로서 우리의 몫을 다할 수 있는 좋은 조건을 갖추었다고 하겠다.

앞으로 과학이 계속 발전해가면서 이런 문제가 명료하게 풀릴 날이 오겠지 하는 기대를 떨칠 수 없다.

인간은 세상과 우주를 많이 알고 있다고 여기지만 모르는 것에 비하면 얼마나 초라한 수준인가.

세월이 흐른 후에는 이런 신비한 기운을 비롯한 것들이 명료하게 밝혀지고 실용가치가 될 날이 올 것으로 여겨진다.

가을과 음악과 詩

안진상

가로수에 짧은 햇살이 한껏 멋을 부린 장유 율하천 기적의 도서관 야외공연장에 장애인과 함께하는 가을음악회 현수막이 산들바람처럼 휘날린다.

김해시와 YMCA 장애인지원센터 후원으로 (사)한국척수장애인협회 김해시지회 회원들이 다양한 사고와 재해에도 불구하고 시월의 하늘보다 더 푸르던 꿈들을 심연에 묻어버릴 냥 화음의 구명줄을 부여잡았다.

척수장애는 척수손상으로 신경전달과 감각·운동 기능이 마비되어 손가락조차 제대로 움직이지 않는다. 그런 상태에서 악기를 연주한다는 것은 흔히 말하는 별 따기와 다를 바 없음에도 색소폰, 오카리나, 팬플루트, 기타, 하모니카의 선율과 자신의 자작시를 낭송하는 음악회가 마련된 것이다. 비장애인뿐만 아니라 지역 분들과 문화를 교류하고 화합하는 건강한 공동체 사회를 조성하고자 마련한 자리다.

나와는 틀린다는 생각에서 불러오는 단절된 소통이 나와는 다르다는 인식을 심어주기 위함도 컸다. 우리가 더 잘 보기 위해 안경을 쓰는 것처럼 시각장애인은 글자를 인식하고 읽어주는 기기를 사용하고, 자전거를 타듯 지체장애인들은 휠체어를 사용하는 것을 온몸으로 보여준다.

'장애인이 불쌍하다는 시선은 이제 그만!'

'몸이 조금 불편할 뿐 나와 다르지 않다'는 인격을 가질 수 있도록.

평소 문화의 전당이나 아트홀에서 연극, 영화, 무용, 음악 따위의 대외적 전문성을 갖춘 공연에 특수효과만 노려 기대에 상응하지 못한 문화예술을 수없이 봐왔다.

부담스러운 관람비에도 시간을 내는 건 공연이라는 게 가까이 있지 않았던 점도 있지만 치열한 경쟁에 살아가는 현대인들이 일상을 잠시 내려놓고 되돌아볼 기회가 그만큼 적었기 때문이다. 그러나 지금은 산업화로 치달으면서 대중들의 문화적 욕구를 대체할만한 매체가 많이 출현하였고, 또한 욕구도 다양해져 특별한 흥미가 없고 관객들을 유인할만한 내용이 아니면 저절로 찾아오리라는 기대를 하기 어렵다.

효용성, 편리성, 유익성 등 환경변화를 심각하게 인식하지 못하고 기존 사고에 갇혀 있으면서도 관객 탓으로 위기를 돌리며 합리화에 급급한 실정이 아닌가 싶다. 멀리 가지 않고 잠시 가족들과 나오던 고향 집 앞마당 같은 뜨락. 비록 딱딱한 시멘트 포장이 간간이 갈라진 객석에서 파릇한 풀포기가 돋아나오고 온종일 정체 절명의 고독만을 마주 대하던 어르신들의 주전부리 같은 신문을 깔고, 반려견과 산책하던 주부들이 가정과 세상의 온갖 궂은 일에서 잠시 벗어나 숨을 고르다 보니 비로소 나 아닌 삶도 아름답다는 걸 깨닫게 한 좋은 경험이었다고들 말한다.

꿈과 끼를 가진 장애인들이 설 수 있는 무대를 만들고자 했던 행사가 이젠 세대와 계층을 뛰어 넘어 모두가 어우러진 축제에 음악도 소음이 되고 만인이 공감하지 않는다는 걸 소음 신고로 출동한 경찰을 보면서 작은 음악회가 볼륨을 줄여야 하는 낮은 음악회로 바뀌었다.

기쁘고 외로울 때 하는 말이 시고 노래다. 시는 음악이나 노래처럼 빨리 와 닿지 않아도 가슴에 남김을 준다. 지나간 기억을 못 버리고 집착 병에 메말라가는 우리에게 저 풍요로운 가을처럼 오래도록 남기를 바란다.

오후 4시부터 시작한 공연이 한 시간을 훌쩍 넘었다. 1년이라는 시간 동안 이만큼 물이 올랐다. 김해시민들의 사랑과 관심으로 점점 더해지는 '장애인과 함께하는 율하천 가을음악회' 그 1년 뒤가 기다려진다. 음악회를 준비한 척수장애인들의 환한 미소에 볕이 들던 곳도 곧 그늘이 지고, 그늘지던 곳도 조금만 기다리면 볕이 든다.

세상이 불공평한 듯 보여도 내 욕심만 부리지 않는다면 공평하다는 걸 돌아보는 날이었다.

김해문인협회 사화집 필자 약력

구애순 《여기》 등단. 부산문인협회 회원. 수필집 『아버지와 바
람나무』

권정숙 《한울문학》 등단. 시낭송가.

김경희 《선수필》 등단. 가야문화예술진흥회 회장.

김근호 에세이집 『교환의 사랑을 넘어야』 외. 장유문학회 회원.

금동건 《시사문단》 등단. 국제펜클럽 한국본부, 한국문인협회,
경남문인협회 회원. 시집 『꽃비 내리던 날』 외.

곽송자 《한울문학》 등단. 한국문인협회, 경남문인협회, 밀양문인
협회 회원.

김미희 《문학21》 등단. 포엠하우스 동인.

김영미 《아동문학세상》 등단. 한국아동문학회. 부산여성문학회.
설아문학회 회원.

김용권 《서정과 현실》 등단. 박재삼지역문학상 등 수상. 석필동
인. 시집 『수지도를 읽다』

김용웅 《아동문학평론》 등단. 한국아동문학인협회, 한국문인협회
회원. 동시집 『종이 비행기의 꿈』

김익택 《앞선문학》 등단

나갑순 《한국시》 등단. 한국문인협회, 경남문인협회 회원, 가야
여성문학회 회장, 수필집 『호수에 그린 수채화』 외.

남승렬 《시조문학》 천료. 구지문학 동인. 시집 『윤이상의 바
다』 외.

라옥분 《좋은문학》 등단. 샘시 동인.

박경용 《앞선문학》 등단. 수필집 『푸른 깃털 속의 사랑』, 산문
집 『수로왕의 숨결』 외.

박덕규 《한국동서문학》 등단. 낙동강문학연구회원.

박지현 《새시대문학》 등단. 한국문인협회, 경남문인협회 회원

백미늠《문학공간》등단. 구지문학 동인.

변정원《아동문예문학상》등단. 경남아동문학회 회원.

선 용《소년세계》등단. 동시집『고 작은 것이』외. 동요집
『바람이 오는 길』외. 번역집『파랑새』외. 일한시집
『야국』외.

성윤자《한맥 문학》등단 시집『쑥부쟁이 꽃』외.

손영순《새시대문학》,《한국아동문학》등단. 한국해양문학연구
소, 아동문학세상, 경남아동문학회 회원.

송인필《시문학》등단. 푸른시학상 수상. 시집『비밀은 바닥에
있다』

안진상《문학세계》등단. 한빛문학 회원. 호박문학 동인. 수필집
『남길수 없는 발자국』외.

양민주 2006년『시와 수필』수필, 2015년『문학청춘』시 등단.
시집『아버지의 늪』, 수필집『아버지의 구두』. 원종
린수필문학작품상 수상.

우말순《문학세계》등단. 구지문학 동인.

윤수환《한맥문학》등단

윤영애《한울문학》등단. 가야여성문학회 회원

윤주희《한울문학》시 등단.《시사문단》수필 등단. 한국문인협
회 회원. 금오문학 대상 등 수상.

이동배《현대시조》등단. 시조집 『합천호 맑은 물에 얼굴 씻는
달을 보게』외.

이병관《한글문학》등단. 한국문인협회, 경남문인협회 회원.

이애순《에세이문예》신인상. 동서커피문학상 입상.

이 윤《창조문학신문》등단. 샘시 동인. 밀양문학회 회원

이은정《순수문학》시,《화백문학》수필 등단. 수필집『하얀 고
무신 신은 여자』

이한茶《자유문학》등단. 구지문학 동인. 김해문학상 등 수상.
시집『이슬방울보다 작은 마음』외. 수필집 『황혼에서

신혼으로』

장정희 전북일보 신춘문예 당선.

정보암 《창조문학》 등단. 시집 『사계』 외.

최경화 《한맥문학》 등단. 윤선도문학 등 수상. 시집 『세월의 흔
　　　적은 강물처럼』 외.

하미애 《현대시문학》 등단. 샘시 동인.

하성자 《한비문학》 등단. 시인과 사색 동인.

하영란 《새시대문학》 등단. 가야여성문학회 회원

홍순옥 《문장 21》 등단.

황성규 2013년 《화백문학》 시조 등단.